JN235584

時間、空間
——そして旅人

浅野 恵
Megumi Asano

文芸社

時間、空間—そして旅人●目次

学生だった頃は

勉強したり、

バイトしたり、

遊んだり……

毎日本当に楽しかった

あの頃のアルバムをめくっていると

今でも、胸が高鳴る

だけど、

今たとえばおなじ場所へ旅行したら

あの時とおなじ様に楽しめるだろうか？

近頃　毎日が楽しく
毎日が空しく　過ぎて行く

近頃　心の中がよく見えない
何を考えているのか
よく分からない

何を悩んでいるのか
悩んでいるのかどうかさえ

不満は何も　ない
悩みも　……多分ない
何を　どうしたいのかが分からない

これだけは分かっている
分かっているのに
郵便受けを　覗いた
空っぽだった

明日また来る

明日　また来る
明日になったら
明日は
明日　また来る

ああ　何と幸せな明日よ
本当に私のもとへまた来るのか
確かに来るか
たった一度でも　欺くことがあるというのに？

時間ばかり

あなたに会いたい
早く会いたい
長く会っていたい

この気持ちはどこから始まるの?
あなたに会って　どうするというの?
あなたが一体　誰なのかも
知らないというのに

そんなに急いで
時間ばかり　気に掛けている
いつも　焦ってばかりで
今ある　自分を　失いかけている

螺旋階段

螺旋階段を
ひたすら　駆けている私

上っているのかも
下っているのかも　分からない

波のように押し寄せる
帯状の影を　飛び越えるだけ

回る階段は

次にやってくるものを　知らせてはくれない
もしも人間が
扉が　行き止まりが
突然現れたなら私はどうなる？

「趣味」

「趣味」って
臆病者の使うコトバ
私とあなたを
親密にさせている様で遠ざける

そう
「趣味」は失う事もなければ得る事もない
ふわふわ軽いマシュマロだから
こんなにも　こんなにも　夢中になっているのに
さりげなく他人の振りさえできる

時間、空間―そして旅人

飲んでも　飲んでも
酔わせてはくれない
目の前に居る　酔っ払いを
覚めた目で見ている

酔いたくて
酔いたくて
でも
酒に酔いたいんじゃない
それだけは　分かる
でも
何に酔いたいのかは分からない

ぐるぐる回る脳みその中で
私は
傷を負った鳥をおもった
ばたばたと重たい羽を翻し
高くなったり　落ちそうになったり
何かに向かって飛んでいるが

本当は
自分の傷の痛みから逃れたいだけ――

目が覚めて
朝が来て

――そして私は――

トゥルル

受話器の向こうで
呼出音が鳴る
トゥルルル　トゥルルル
ものすごい違和感
トゥルルル　４回
トゥルルル　５回

誰も出ない

虚しさのかげに
ほっとしている自分

トゥルルル　トゥルルル
本当は大切なものを
トゥルルル　ごみ箱へ捨ててしまった

トゥルルル　トゥルルル
タイムマシンに乗って
トゥルルル　皆のいたあの頃に戻れたら

矛盾

たいして暑くもないのにエアコンをつけたり
好きでも　嫌いと言ってみたり
美形ぞろいのロックバンドの
　ひどい歌に夢中になったり
世の中矛盾だらけ
そんな摩擦で私の中から
「僕」が飛び出した
こんなもやもやした夜の帰り道
カー・ラジオから流れる変てこな曲に合わせ
躍っていた

歯医者で麻酔された時みたいだ
歯が欠けて血がでても痛くない
――それを恐ろしいと感じる方が健全じゃないか
ただ治療台の上でうたた寝しながら
ふと過ぎった　僕の心が

闇のドライヴ　帰り道
デイジャヴュ現象　去年、一昨年の夏と――
「光陰矢の如し」
でも僕の心は
記憶を　ゆっくりと
さかのぼっている

子犬の家

私の子犬は　吠え立てる
鎖を外せと言わんばかりに

鎖を放してやった
駆けて行け

だけど　私の子犬はまた戻って来たのだ

そして外された鎖の臭いを確かめ
自分の犬小屋をうらめしそうに眺めていたのだ

しわすのしあわせ

こんな慌しさの中にいると
周囲の物事に振り回されて
ぐるぐる　ぐるぐる
めまいを催す
目に映る風景も　歪んで見える
ひょっとしたら本来喜ぶべきことさえも
歪んで見えている
だからなのかな
こんなドタバタの中なのに
ちっとも面白おかしくないのは
だからなのかな

見かけだけ盛り上げようとして
ドンチャン騒ぎするのは
クリスマスに　忘年会　そして年越し
街にはライトアップ
ケーキに　鍋に　宴会
そして　恋人までとりつくろい
飲んで　歌って
ぐるぐる　ぐるぐる　二日酔い
吐き気を催す
お腹はいっぱい
心は空っぽ
だけど　一人　家への帰り道
ふと見上げたら　降りだした
雪

失恋

失恋って　本当は
悲しいことでも
さみしいことでもない

一つの恋が終わり
次の恋へとつながる
自由を獲得すること

過去の恋は
全てが思い出となり
楽しかったこと　辛かったこと

取るに足らないことさえも
それぞれ　絵画のように
心の壁のあちこちに
飾りたてておけば良い

思い出が増すごとに
心の壁は無限に広がる
どんどん　どんどん　吸収し続け
〝自分育て〟の肥やしとなる

捨てるだなんてもったいない

十代

あなたと同じくらいすてきな人と
出会いました
悲しい恋をしました
せつない恋をしました
あなたに知ってもらいたい
私の十代
きらきらと輝いていた頃のことを

糧

心の糧を持たない人はいないかも知れない

私の心の糧は　あなたです

あなたという理想と

厳選された記憶の断片です

時間、空間――そして旅人

秋風

風が吹く
枯葉が舞う
桃色の日暮れを迎えて
部屋の明かりがこうこうと
傾いた鏡に反射する
横たわる体に照りつける
君の寝息が聞こえる程
静かだ
紫色の街に浮かぶ小さな窓が
ゆるやかな風に流されながら
夜を待つ

君は無邪気な顔をして
眠っている
僕も無邪気に
君の体の曲線を目で追う
君の着ている服が邪魔するけれど
皺ひとつさえも動かない
木の葉がガラス窓にぶつかっているのに
気づきもしないで

女神

あなたはいつか話した
あなたの見た夢のことを
私
街の明かりを見てた
どう答えて良いか
分からずに

ねえ
あなたの心の中にある
長い髪を垂らした女神のことを
もっと話してよ

夢の中であなたが愛したその女神は
どんな声
どんな瞳
あなたの裸のその女神は――

夢の中の星々を
夜の明かりに変えて
まだ街の中を走っていたいから
早く
裸を見せて
あなたは半分分かっているくせに
心
開いてくれなかった

どうして？
その理由さえも
教えてくれなかった――

昼間の街に
ぽつりと建ってる
あなたの家はもう空っぽ

私もあなたと同じ歳になって
小春日和のまどろみの中で
見た夢みたいに
あなたの顔も

交わした言葉も
霧みたいに
記憶の底に
沈んでしまった

女神Ⅱ

今の生活
あの時の俺
想像もつかないような
ガラスの破片

たまに思い出す
君のこと
君の名前
なぜだろう――
触れることを恐れていたのに

そして君に語りかけた
その夢のことも――

俺の理想の女だったよ
その女神は

幻なんだ――顔など見えない
ただ夢の中でそう感じただけ
きっと尊い眼をしているだろう
白い腕をしているだろう
澄んだ声をしているだろうと
ただ……

ただあの時は
君が振り向いたあの時は
生真面目な俺の心が
欲望の光を遮った

泣いてたね
君
決して涙を見ることは
なかったけれど

俺は眠れなかった
後悔でも
歓喜でもない

ぽっかり開いた心の穴に慣れなくて

青い風になびく
君の黒く長い髪
黙ったままで
君は居なくなった

俺は君の瞳に惹かれていた?
女神は君に似ていた?
そして
俺は女神に二度会った?

さあ
一度だけかも

無題

夕陽の中に立っている
あなたは少し微笑んで

優しく風が農道を
シロツメクサも揺れている

それだけが真実みたい
時を忘れた小さな世界
夢を見ている子供のように
涙も笑顔も知らない大人

恐縮ですが
切手を貼っ
てお出しく
ださい

112-0004

東京都文京区
後楽2－23－12
(株) 文芸社
ご愛読者カード係行

書　名			
お買上 書店名	都道府県　　市区郡　　書店		
ふりがな お名前		明治 大正 昭和　　年生　　歳	
ふりがな ご住所	□□□-□□□□	性別 男・女	
お電話 番　号	（ブックサービスの際、必要）	ご職業	
お買い求めの動機 1. 書店店頭で見て　2. 当社の目録を見て　3. 人にすすめられて 4. 新聞広告、雑誌記事、書評を見て（新聞、雑誌名　　　）			
上の質問に 1. と答えられた方の直接的な動機 1. タイトルにひかれた　2. 著者　3. 目次　4. カバーデザイン　5. 帯　6. その他			
ご講読新聞　　新聞		ご講読雑誌	

文芸社の本をお買い求めいただきありがとうございます。
この愛読者カードは今後の小社出版の企画およびイベント等の資料として役立たせていただきます。

本書についてのご意見、ご感想をお聞かせ下さい。
① 内容について

② カバー、タイトル、編集について

今後、出版する上でとりあげてほしいテーマを挙げて下さい。

最近読んでおもしろかった本をお聞かせ下さい。

お客様の研究成果やお考えを出版してみたいというお気持ちはありますか。
ある　　ない　　内容・テーマ（　　　　　　　　　　　　）

「ある」場合、弊社の担当者から出版のご案内が必要ですか。
希望する　　希望しない

ご協力ありがとうございました。

〈ブックサービスのご案内〉
当社では、書籍の直接販売を料金着払いの宅急便サービスにて承っております。ご購入希望がございましたら下の欄に書名と冊数をお書きの上ご返送下さい。（送料１回380円）

ご注文書名	冊数	ご注文書名	冊数
	冊		冊
	冊		冊

眼鏡が夕陽に反射する
あなたの頬を照らしてる
ふんわり風が黒髪を
あなたは少しはにかんで

形の無いものに
何らかの形を与えることを
ヒトはすばらしいと思う

形あるものが
壊れていくことを
ヒトは残念に思う

創造し　破壊する
ヒトは
一体
すばらしいのか
あるいは……？

この世の中に

変わらないものなんてあるのかな?
あるとすれば
世の中は絶えず変化しているという事実と
永遠の不変を
世の中全体が追い求めているということ

ひとはみんな孤独のかけら

ひとはみんな孤独のかけら
その孤独を隠す様に
ひとひととは寄り添うことを求める
あなたを愛すれば愛するほど
欲は深くなるばかり
望みが一つ叶うごと
新たな願望は生まれてくる
あれも欲しい
これも欲しい

かといって

例えば　私の魂が
あなたの肉体に入り込んで
私があなたになったとしても
満たされるはずもないのに

だけど　一つになることなどできないのに
例えば
死が訪れればたった一人で行かなければならないのに

どうして　あなたから離れられないのだろう?

涙のわけ

人はなぜ涙を流すのだろう
電車に乗って
遠くへ離れていくあなたを見送りながら
考えていました
人は別れに涙を流すのでしょう
電車に乗り遠く離れていくあなたに
涙を流すのでしょう
人はたとえ側に寄り添ったとしても
互いの心が離れていくことに
怒り　悲しみ　涙を流すのでしょう
人は亡骸と共に

その人の魂が見えなくなってしまうことに
涙を流すのでしょう

記憶の時

日が沈みかけた部屋に一人

遠い昔のような
笑い声、涙、他愛のないことへの興奮、
はしゃいでいた、数知れぬ思い出が
さみしささえも包みこんでしまう

思い出とはそんなものだ
生きている人間にのみ与えられた宝石だ

人が死に直面したとき
――なぜ人が死を恐れるのか考えてみると
一つには、思い出を失ってしまうと感じるからだろう

けれど人間は寂しがり屋で
生まれ変わって全く別の人生の中に居ても
土の香りや、彼女の歌声、
花の色、様々な瞬間に
記憶というには遠すぎる昔のかすかな感触が
蘇るものである

横顔

気が付くといつも
横顔ばかりを見てた
私は　いつも
不機嫌な顔をしてた

答えが出ないといつも
横顔ばかりを見てた
私は　それを
あなたのせいにしてた

だけど

そうじゃない
あなたの答えはあなたの人生
私の人生は
私が答えを出すべきもの
あなたはそれを伝えたいの
それがあなたの優しさだから　そして

気が付くといつも
私は自分を責めてる

幸せの鳥

青い鳥、青い鳥
幸せ捕まえようと追いかける
森の奥の、その奥を
無我夢中で駆け巡る

青い鳥、青い鳥
昨日の鳥はどうしたものか
幸せひとつ持っているはず
もう忘れてしまったのか

時間、空間—そして旅人

気分がむしゃくしゃしている時は

鏡を覗きたくない
きっとそこには　自分の
醜い顔が映るから

こうして　平和に生きていると
人は誰でも
世の中の嫌な出来事を
見たくはない

だけど　鏡を見ろ
そして
自分がいかに醜いかを知れ

それでも　目を見開き
記憶に焼き付けろ
世の中にある数々の恐ろしい出来事を

人は　そうしなければ
本当の　心の穏やかさや
世界の平和を
知ることはできないものだから

鏡

鏡を見たら
別の人間が映った
いつから、そうなったのか
知らないが

果たして
今のものと、以前のもの、
どちらが良いかさえ
判別しかねるが

ただ、たとえ以前のものが

良いとしても
もう、その頃には返れない
今の自分であるしかないから

カエル

雨が降っているから
まだ鳴き止まない
鳴き止むすべもない
何百　何千　何万　何億もの
カエル
きっと
喜びを歌うカエルもいれば
悲しみの涙声のカエルもいるのだろう
真夜中の　静けさを
近所迷惑　かえりみず
かき乱してるよ

だけど　何だか心地よい
できれば　私も
仲間にいれてもらいたいなぁ
笑い　叫び　泣いて　ささやきたいことが
山ほどあるんだ
言葉にできない感情だけが
田んぼの泥みたいに　沈殿してる
カエルには　言葉がないから
私の泥も一緒に　溶かして欲しい

風景

白く連なる山々に囲まれた故郷
温もりに包まれた空間に
私は　ほっと肩の力を抜く

丘また丘
続く続く緑《あお》い地平線
見ず知らずの国から国へ
私の　好奇心をかきたてる

今日
穏やかな空を見上げて
春の訪れを密かに感じていた
一日を振り返って
それと同時に
過去の思い出を遡っていくと
何も変わらないのは
この広くて青い空だけだね、なんて
だれかに話し掛けたくなる
本当は
さみしくて仕方ないんだ
心臓が早く鳴っている
静かな部屋に一人なんて

とても居られやしない
つい何年前までは
同じ教室で　ふざけたり
泣いたり笑ったりしていたのに……
まるで他人事みたいに
ただ風が吹いただけ、みたいに
どこかへ行ってしまうなんて
今日見た
穏やかな空の色は
きっと　君の笑顔でありますように

平成十年一月二十七日

彗星

来い！　コメット！
七色に彩られた　長い尾を引いて

それに飛び乗り　私は
自分探しの旅に出掛けて行く

時の滴が　太陽に反射して
一層ギラギラと　私達は輝く

果てしない空の大海原へと　ダイビング

その一瞬の光芒は
永遠に静止したまま
私の記憶に焼きついた――
一九九六年三月

夢

揺られたい　揺られたい
揺られたい　揺られたい

嵐も　荒波も　失くした
まどろみの海に

涙の滴と　笑いの波に

私は　一人　椰子の葉に寝そべって
夢に揺られて同じ夢を見る

永遠に午後の時に流され

そこがどこなのか知る術もなく
どこにたどり着くのか考えることさえしない

海に揺られているのか
空に流されているのか　分からぬままに……

楽園

胸が一杯になる時がある
私は何て小っぽけなんだろうと
胸が一杯になる時がある
何と偉大な可能性を秘めているんだろうと

それはまるで花と似ている
水を与えれば美しく咲くし
放っておいてたら枯れるだけの
楽園のようなもの

そんな「楽園」は実に都合の良いもので

有って欲しいと願う者にはあって
無いことを望む者にはない

ダイヴァー

続く砂浜
続く中央線
そして　回り続けるホイール
熱いボディに
燃え盛る太陽
バックミラーに
波のゆらめき
防波堤越しに――潮騒
好きな曲口ずさみ
孤独なドライヴ
満喫する

ハンドルの導くままに
アクセルの誘うままに
風を感じて――額に
夏を感じて――腕に
それだけ……

あとは　全て捨てたい

自信

最初から自信を備えた人は
自信を持つ必要はない

なぜ自信を持とうとするのか
それは自信がないからに決まっているじゃないか

真実の自信は　どこにある？
どこにも無い
それは自分の中に
自然に湧き出てくる生命の力だ

全てを失って
己の魂一つになっても
確実に燃え続ける
小さな炎

それが真実の自信であり
真実の自分でもあり
私がこの世に生まれたという
かけがえのない証なのだ

決断

一生懸命　かきまぜました
溶かしても　溶かしても
水の色は変わらなかった
――私は　私だった

雲

紺碧の空に
碇泊する
巨大な一隻の　雲
それは私の目にしか映らない
混じり気のない色が
静かに船体を浮き立たせながら
私が乗り込むのを
待っている

ぱいろっと

僕は窓を拭いている
今日は良い天気だ
雲が幾つか浮かんでいるけれど
暖かな日差しとさわやかな風は
今までの嫌なこと全部を忘れさせてくれる
窓のホコリが消えて行くうちに　空はより一層鮮やかに反射して
まるで本物みたいだ……

子供の頃　僕はパイロットになりたくて
高いところにのぼるのが好きだった
空に触ってみたくて

綺麗な青い色の破片《かけら》を机の引き出しに隠しておきたくて
何度も手を伸ばした
流れる雲は　まるで　僕を置いて行ってしまうかのように見えて
夜も眠れなかった

だけど　もう　パイロットは夢じゃなくなった
僕はゆっくりと立ち上がり　空を見上げた
一番遠くにあるあの雲を目指そう
腕は翼になるから　慎重に大きく広げて　息を吸い込み
『離陸する！』
ほうら　見てごらん
僕は　パイロットになってるから

雲と私

今の私は　まるで
雲のようだ
大きな大きな青空の中を
風に流されるままに　ただふわふわと浮かぶ
一片に過ぎない

地球をあと何回巡れば
私に気づいてくれる人が居るのだろう
あるいは
居ないのかも知れない
私自身が　その人を探すために

ここに　こうして　生まれてきた

あなたは　一体　だれですか？
今　どこに　住んでますか？
知りたい事は山ほどあるけど
心の声は届かない
話すことを知らない雲だから
ただ　ふわふわと　この世界をさ迷って
あなたに出会うことの出来ないまま
霧のように　消滅してしまうのか

助けて！　助けてください
太陽よ、私を照らしてください！

あなたが私に気が付くように
太陽が燃え尽きてしまうまで
私は精一杯　輝き続ける

そして　あなたが　私を見つけた時
私は　私は
真っ白な　ハトに生まれ変わる
自由に大空を羽ばたく事が出来る
その事を夢見ながら
今日も明日も　あさっても
地球の回りを回ってる
夜も眠れず巡ってる
あなたを探して迷ってる

頭の中

ただ木が一本立っているだけです
簡単なこと
空があって　空には雲があって
大地が広がって

晴れていたり　嵐だったり
暑かったり寒かったり
木は生い茂ったり　散ってしまったり
ただそれだけです

たったそれだけのことを

私や　あなたや　皆は
笑って　泣いて……
抑えきれない感情を
手持ちぶさたに抱いています

自分らしさについて

「自分らしさ」って何なのか
それが分かれば言葉なんて要らない
生きている意味もない
流行に流されて　忙しさにかまけて
考える暇もない
ある人が言っていた
「忙」という字は
心（忄）を　亡くすということだと
他人への思いやりも
自分の気持ちさえも
見失っている時なのだろう

慌しい日常から切り離された
つかの間の休息の時に
何かを見て
何かに触れ　いたく感動したとき
湧き出す涙をどうすることもできない
そんな時が
自分の芯となる部分に触れた時
「自分らしさ」なんだと思う

週末

当てにしてないけど
目覚まし時計を
3時間も遅らせてセットした
どうしてこんなにホッとしてしまうんだろう
家に着いて着替えもしないで
久しぶりにのらくらとテレビを見た
髪を洗うのも　お風呂に入ることさえも
おっくうなほど
ものすごい脱力感
今日あった出来事を
なんとはなしに回想してる

あるいはテレビを見ながら
人間の生きる意味をあてどなく考えてる
またあるいは
何時に目覚めるか知れない
明日のことを考えてる

水になりたい

水になって
全てを受け入れたい

この言葉にかけてみよう

銀杏の葉越しに　空を見上げた
やわらかな　風と光の中
私は　自分を振り返ってみたのだ
自分に触れてみた

痛みを知らなければ
とうてい　喜びなど感じ得ない
私は

全てに吸収されて
全てを吸収することができる
水になりたい
私は
形を変え
色を変え
温度を変える
水になりたい
私は
雨になり
雹になり
霧になり
空気になる
水になりたい

六月の

よく晴れた　日曜の朝
洗濯物を干していると　思う

こんな素晴らしい日を詩にできたら……

空がひろがって
大地がひろがって

雲がながれて
人がながれて

眩しいほどの朝日

鳥のさえずり
風のざわめき
遠くから聞こえる車の騒音さえも
心地いい

青く輝く空
緑《あお》く輝く山々

活力がみなぎり
夢がひろがる

これこそ生きる素晴らしさ

あとがき

最後まで目を通してくださって、本当にありがとうございます。

人は誰でも大小さまざまな悩みがつきものですが、私の場合詩を書くことで解消しているのだと思います。逆に、とても美しい物を見たり気分がうきうきする時も同じですね。

私が詩を書き始めてから、七年かそこらですが、今でも書き続けている自分に正直なところ驚いています。学生だった頃は、「社会人になったら忙しくて詩も書かなくなるだろう」なんて考えていましたが、とんでもない！　幸か不幸か、学生の頃よりも安定したペースで詩作に励んでおります。

エミリー・ディキンソンは大好きな詩人ですが、彼女の詩の中に「出版は人の心を競売にかけること」というフレーズがあるのを思い出します。それでは私にとっての出版とはどんな意味があったのでしょうか。

大学時代の友達には、作った詩をよく読んでもらい、勇気づけられたものでした。何よりもうれしかったのは、詩を通じて友達と同じ気持ちを共有できたことです。

以前、詩を二十編ほど冊子にまとめて友人・知人に配ったことがありましたが、未だに読み返すことがあるという人もいて非常にありがたく思います。

日常生活の中で自分がとても頼りない人間に思えてしまう瞬間がありますが、誰かが自分と似た思いを胸の内にそっと隠していることに気付いたり、自分の詩を共感してくれる人に出会ったりすると、どういうわけか今までの自分が嘘のように気分が楽になるのです。もしかすると相手も同じなのかも知れませんね。

今回の出版は十代・二十代の記念という意味合いが強いのですが、より多くの人々と同じ気持ちを共有できたら、もっと素晴らしい記念となることでしょう。

今回このような詩集を作ることができ、今まで生きてきた中で最高の贅沢をさせてもらっています。特にこの出版に理解し協力してくれた両親には本当に感謝しています。

作った詩を読んでくれる友達がいて、またそんな友達との普段の生活があったからこそアイディアが浮かび、詩にできたのだと思います。また、在学中にお世話になった本田康典先生にはこれまで幾度か詩の発表の場を与えていただき、詩作活動において大いに励みとなりました。この場を借りて御礼申し上げます。

そして最後に、文芸社スタッフの皆さん、初めての出版で不慣れな私ですがご親切にお付き合いくださり、本当にありがとうございました。

【著者プロフィール】
浅野　恵（あさの めぐみ）
1975年生まれ。宮城県黒川郡大和町出身。
1997年宮城学院女子大学学芸学部英文学科を卒業後、
仙台市内の印刷会社へ入社。
1993年頃より詩作を続ける。
E-mail m-asano@mwe.biglobe.ne.jp

時間、空間—そして旅人

2001年2月15日　初版第1刷発行

著　者　浅野《あさの》　恵《めぐみ》
発行者　瓜谷綱延
発行所　株式会社文芸社
〒112-0004 東京都文京区後楽2－23－12
電話03-3814-1177（代表）
03-3814-2455（営業）
振替00190-8-728265

印刷所　株式会社平河工業社

乱丁・落丁本はお取り替えいたします。
ISBN4-8355-1384-3 C0092
©Megumi Asano 2001 Printed in Japan